Vente du Samedi 16 Mai 1896

A DEUX HEURES PRÉCISES

Hôtel Drouot — Salle n° 10

DESSINS ORIGINAUX

PROVENANT DU

Courrier Français

EXPOSITION PUBLIQUE

le Vendredi 15 Mai, de 2 à 6 heures.

Me Jules PLAÇAIS	Me Ed. KLEINMANN
COMMISSAIRE-PRISEUR	EXPERT, MARCHAND DE DESSINS
29, rue de Maubeuge	8, rue de la Victoire

PARIS — 1896

LE COURRIER FRANÇAIS
G. LEMOINE sc.

Catalogue des Dessins

MIS EN VENTE

à l'Hôtel Drouot, Salle n° 10

le Samedi 16 Mai 1896

Chéret.
Corbould.
De Ber.
D'Espagnat.
Falco.
Forain.
Gailhac.
Garnerey.
Gasperi (Raphaël).
Gerbault.
Guédan (Martin).
Guillaume (A.).
Hartrick.
Heidbrinck.
Lebègue (L.).
Legrand (Louis).
Lourdey.
Lubin de Beauvais.
Lunel.
Manuel.
Maurice.
Neumont (Maurice).
Hermann Paul.
Pille (Henri).
Quinsac.
Penot (A.).
Rabier (Benjamin).
Riquet (F.).
Roedel.
Tilly.
Uzès.
Waguet.
Willette (A.).

Me Jules PLAÇAIS
Commissaire-Priseur
29, rue de Maubeuge.

Me Ed. KLEINMANN
Expert, Md de Dessins
8, rue de la Victoire.

Exposition publique le Vendredi 15 Mai.

Tous les Dessins et épreuves sont vendus avec interdiction formelle de droit de reproduction.

Dessin de Forain. N° 8.

CONDITIONS DE LA VENTE

Elle se fera au comptant.

Les acquéreurs paieront, en sus des adjudications, cinq centimes par franc.

Les dessins sont vendus avec interdiction formelle de droit de reproduction.

M. Kleinmann se charge des commissions des personnes qui ne pourraient assister à la vente.

Dessin de A. Willette. N° 14

DESSINS

CHÉRET

1. Femme jouant de la mandoline (épreuve).
2. Affiche pour le Quinquina Dubonnet (Femme au chat), sans lettre. (*Très rare.*)

CORBOULD

3. Les dernières recommandations.
4. A la recherche des mines d'or.

DE BER

5. Songe d'une nuit d'hiver.

D'ESPAGNAT (Georges)

6. La Péniche.

FALCO

7. Charité. — « ... et pour les enfants abandonnés! »

FORAIN

8. Le Monde (*à la cantonnade*). — Dites donc, vous, c'est ce que vous appelez une visite de digestion?...
9. Rue Laffitte. (Epreuve lithographique.)

GAILHAC

10 Sorcière.
11. Le Baiser.

GARNEREY (P.)

12. La Reine des Rois.

GASPERI (Raphael)

13. Un kabyle.

GERBAULT

14. Mme Del Bernardi.

GUÉDAN (Martin)

15. Premier Mai.
16. *Vœ victis.*
17. La Reprise.

18. Bredouille.

19. — Non, mais là, pour voir... Appelez-moi donc vache, si vous l'osez !

GUILLAUME

20. Une entrée au Bal antique du *Courrier français* en 1894.

Dessin de A. Guillaume. N° 20.

HARTRICK

21. Une scène en Ecosse.

22. Le Départ du marin.

HEIDBRINCK

23. Le Bois de Boulogne à travers les âges.

24. Une sale blague.

25. Croquis de la maison habitée par Henri Rochefort à Londres (quelques objets d'art de l'appartement).

26. Dessin d'un tableau de Bayard.

27. Dessin d'un tableau de Bayard.

28. Un duel en hiver.

LEBÈGUE (L.)

30. La Revanche du taureau.

LEGRAND (Louis)

31. Eau-forte de Legrand.

32. A l'hôpital.

LOURDEY

33. — Est-ce que tu t'en souviens, toi, de la boucle qu'il m'avait faite.

LUBIN DE BEAUVAIS

34. Oiseaux de nuit.

35. Toile d'araignée.

Dessin de A. Willette. Nº 157.

36. Vendanges.

37. Têtes d'expression.

38. — J'lai toujours dit à monsieur... i y a rien qui flambe comme le vieux bois.

39. — Paix, paix, les enfants... v'là le printemps!

LUNEL

40. — Travaillez, prenez de la peine, c'est les fonds qui manquent le plus.

41. Fleurs d'été.

42. Projet d'éventail. — La place de la Concorde.

43. Au Bal des Canotiers, à Bougival.

44. A Bougival. — Attendant une lettre chargée.
45. Dessin pour une Fête de bienfaisance.
46. La Fille d'auberge.
47. Aux Ambassadeurs. — La fête du *Courrier français* au profit des Algériens.
48. Préparatifs de réouverture de l'Alcazar d'Eté.
49. Une répétition de jour aux Folies-Bergère.
50. La Grève des clients.
51. Grandes manœuvres.
52. L'aimable Directeur. — Qué qu'tu fous là... au lieu d'être en scène.
53. Mlle Cassive.
54. Au foyer de l'Opéra un jour de Bal masqué.
55. Mme Debriège au Concert-Parisien.
56. Danse russe.
57. Printemps.

MANUEL

58. Le Patinage à Londres.

MAURICE

59. — P...aris s...p...ort! Complet des courses.
60. Au Palais de Glace.
61. Un match.

NEUMONT (Maurice)

62. Au bal du *Courrier français*.

Hermann PAUL

63. *Ludus pro patria.*
64. Vive la... (*Ad libit.*)
65. L'Administration.
66. Quelques Sirènes.
67. Le bon Président.

Dessin de Hermann Paul. N° 71.

68. Les Voisins.

69. Premières pousses.

70. Le Gentilhomme campagnard.

71. Entrée de grosse dame.

72. Peau de balle.

73. Souvenir de Vendredi saint.

74. Le Quart.

75. Le riche Amateur.

76. Le Médecin.

77. — Je les ai rendus aussi bêtes que moi.

78. Au Palais de Glace, de la galerie supérieure.

PILLE (Henri)

79. Saint Roques.

80. Les Cartes.

81. Le Roi de cœur.

82. Dessin pour une Fête de bienfaisance.

83. Le Crime poursuivant la Justice.

84. Dessin pour le Bal virginal du *Courrier français*.

85. Au Bal des Quat'z'Arts. — Les ateliers Gérome et Merson.

86. Au Bal des Quat'z'Arts. — Les ateliers Cormon et Pascal.

QUINSAC

87. Jeune fille russe.

PENOT (A).

88. La Réclame.

Dessin de Henri Pille. N° 85.

RABIER (Benjamin)

89. — Nous laisser sans pain... quel pignouf que ton père.

Dessin de A. Willette. N° 127.

RIQUET (F.)

90. Le Palais intime.
91. L'Amateur de fleurs en bouton.

ROEDEL

92. La Chanteuse et le Journaliste (fable sans moralité).
93. A la fête de Neuilly. — Quelques attractions.
94. Un futur chef-d'œuvre.
95. Octobre.

96. Au pôle Nord.

97. Dédié à la Ligue contre la Licence des Musées.

98. Quelques costumes du Bal antique du *Courrier français.*

99. Les Anges.

100. Au Palais de Glace.

101. — En octobre pour être modèle, il faut avoir du poêle aux pattes.

102. Au Palais de Glace.

103. Le Centenaire de la Litrographie.

104. Encadrement.

105. Dessin pour le Quinquina Dubonnet.

106. Le Jardin de Paris.

Dessin de A. Willette. N° 141.

Dessin de Corbould. N° 3.

107. Au Cirque d'Été.

108. Le Jour des Rois.

109. **L'Ut de poitrine et Lutte de poitrine.**

TILLY

110. **Au Musée. — Se réchauffant à la vue des beautés artistiques.**

Dessin de A. Willette. N° 139.

Dessin de A. Willette. N° 140.

Dessin de Hermann Paul. N° 65.

UZÈS

111. Le beau général.
112. Au Bal de l'Hôtel de Ville.
113. Les Mois de l'année.
114. Patineur.
115. M. Meline.

116. Quatre dessins pour des chansons de Jules Jouy.
117. Le Bon Pasteur.
118. Le Marchand de Tableaux.
119. L'Amateur de Fruits verts.
120. La Toilette d'une plage.
121. La Sortie de M. Grévy.
122. Arrosage pour tous.
123. Portrait de M. Steinlen.

WAGUET

124. Dessin.

Dessin de A. Willette. N° 128.

WILLETTE

125. Equilibre sur le trapèze par Mlles Maria Farinette et Voltige égyptienne par Carlotta Kidjah au Cirque Molier, le 17 juin 1895.

126. Une écuyère du Cirque Molier.

127. Le Père la Pudeur au Cirque Molier (scène équestre représentée le 17 juin 1895).

128. Les Demi-Vierges.
(Dessin pour la Revue de M. Jean d'Arc aux Ambassadeurs.)

Dessin de A. Willette. N° 158.

Dessin de A. Willette. — N° 138.

129. Pour la libération du *Courrier français.*

130. Costumes pour le Bal blanc du *Courrier français.*

131. *Cigale et Fourmi,* pantomime de M. Jean d'Arc, représentée aux Ambassadeurs.

132. La Fête de Noël au Palais de Glace.

133. Le Bal virginal du *Courrier français* en 1895.

134. *Le Crime récompensé,* pantomime de Jean d'Arc.

135. Dessin pour un menu du banquet du *Petit Parisien.*

136. — Eh bien! la Gloire, tu ne présides pas au centenaire de l'Institut?

La Gloire. — « Ils sont trop verts... »

Dessin de A. Willette — N° 153.

137\. Placement sûr. — Vive le krach, messieurs, mes mines d'or, les voici.

138\. — Bicyclistes chatouilleux, réjouissez-vous! avec la culotte est ressuscitée la gentille ravaudeuse du coin.

139. *Le Sergot.* — « Méfiez-vous, mon enfant, vous allez attraper des engelures. »

140. Au Palais de Glace. — Glissez, mortel, n'appuyez pas.

141. — *Ah! ah! ah! elle a des bottes, bottes, bottes*
Elle a des bottes, bottes, bottes
Elle a des bottes d'asperges.

Dessin de A. Willette. N° 154.

142. Le *Courrier français* entre dans sa 13e année.

143. Dessin de la carte des vins du Restaurant Julien.

144. *La Bergère et ses moutons*, scène pastorale représentée au Cirque Molier le 17 juin 1895.

145. Allah, étalon persan monté par Mlle Julia de Nys au Cirque Molier le 17 juin 1895.

146. Hommage aux Goncourt. (Epreuve sur chine, très rare.)

147. La Fête du Veau d'Or au Palais de Glace en 1896.

Dessin de A. Willette. N° 143.

148. Roques et le Brouillard.

149. Brouillard de Toussaint.

Dessin de Ch éret. N° 2.

150. Onze dessins à l'aquarelle (costumes de la *Revue des Demi-Vierges*, de M. Jean d'Arc, aux Ambassadeurs).

151. Douze dessins à l'aquarelle (costumes de la *Revue des Demi-Vierges*, de M. Jean d'Arc, aux Ambassadeurs).

152. — Arrêtez, vous insultez un futur officier français.

153. L'Art appliqué à l'Industrie.

154. *La Revue déshabillée.*

(Dessin pour la revue de M. Jean d'Arc, aux Ambassadeurs).

155. Page de costumes pour la *Revue des Demi-Vierges.*

156. — Un verre de lait à une bête malfaisante comme toué qui dévore fermes et châteaux!... Un bon coup de fourche, oui donc!

157. Le Vieux Beau. — « Ah! maudite invention, je ne puis plus suivre les femmes!... »

158. Présages du printemps! — Allez, zou, les bougris, bougras, place à Sa Grâce le Chevalier Printemps.

159. La Gendarmerie de Luzarches a arrêté le 21 le nommé Théophile P..., manouvrier, demeurant au hameau de Baillon, pour dettes envers l'Etat. (*Le Petit Pontoisien.*)

160. — Il avait raison Gambetta... Les temps héroïques sont passés.

161. Le Boulevard.

162. Hommage à Gyp.

Paris. - Imprimerie Paul Lemaire, 14, rue Séguier.

RED. :

18

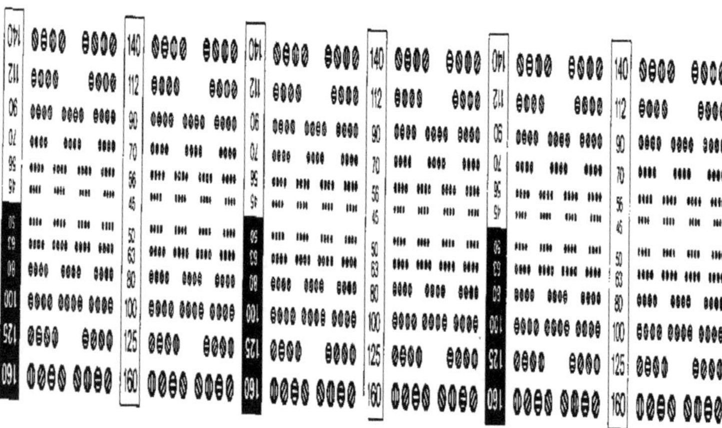

0 1 2 3 4 5 6 7 8 9 10

www.ingramcontent.com/pod-product-compliance
Ingram Content Group UK Ltd.
Pitfield, Milton Keynes, MK11 3LW, UK
UKHW020225180726
13838UKWH00005B/2187

9 782329 320205